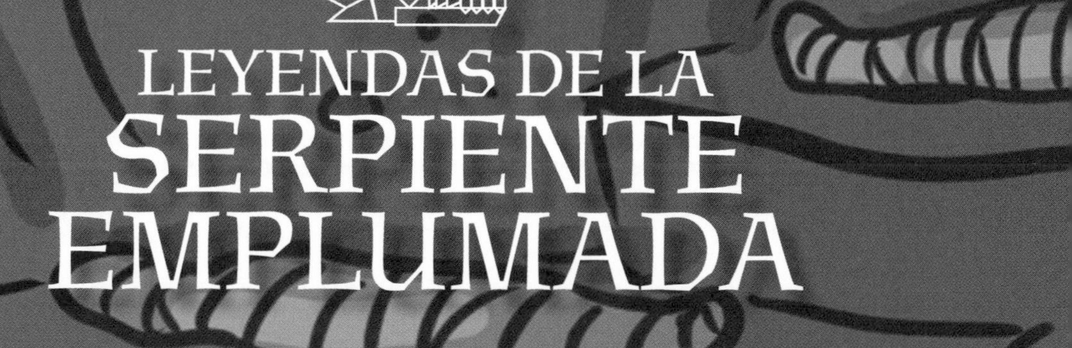

LEYENDAS DE LA SERPIENTE EMPLUMADA

EL ASCENSO DEL REY ENANO

David Bowles

Ilustraciones de

Charlene Bowles

VINTAGE ESPAÑOL

GOLFO DE MÉXICO
MÉXICO
CHICHÉN ITZÁ
UXMAL
TULUM
KABAH
UXMAL
NOHPAT
LOLTÚN
KABAH
XKUKIKAN

ALMAH

LA BRUJA DE KABAH

Entrenada desde joven para ser una curandera de su pueblo, Almah es seleccionada por los aluxes para una tarea muy especial: criar a Sayam.

SAYAM

EL ENANO

Capaz de hablar desde que sale de su huevo, este divertido y amable enano fue creado por los aluxes para traer paz.

KINICH KAK EK

EL REY DE UXMAL

El primer rey de Uxmal en cien años, Kinich Kak Ek, es un hombre ambicioso y cruel que no dejará que nada se interponga en su camino.

ZAATAN IK

EL HECHICERO PRINCIPAL

Conocedor de todas las artes oscuras, este hechicero ayudó a poner a Kinich Kak Ek en el trono, pero preferiría desatar el caos.

MAAX

UN MONO ARAÑA MUY LISTO

Inteligentes y ágiles, los monos araña eran venerados por los mayas. Maax es uno de los más listos, aunque no tan ágil.

CHULUL

LÍDER DE LOS ALUXES

Cuando llegaron los humanos, los aluxes se retiraron a las selvas y cuevas, dirigidos por sabios como Chulul. Ella vigila a la humanidad, esperanzada.

LOBIL

VIEJO CHAMÁN DE LOS ALUXES

Los antiguos aluxes poseen una gran tradición mágica. Lobil ha vivido miles de años y lo recuerda todo.

Hace mil años, las tierras bajas de la península de Yucatán estaban dominadas por la brillante ciudad de Uxmal. Ubicada entre la selva de la región Puuc, albergaba unos 20,000 mayas.
A 20 kilómetros al sur se encontraba su ciudad hermana, Kabah, centro de adoración y sanación.

EN LAS AFUERAS DE KABAH, VIVÍA UNA APRENDIZ DE X'MEN O BRUJA, LLAMADA ALMAH.

LLEGADO EL MOMENTO, ALMAH VIAJÓ A LOS CERROS PARA COMPLETAR SU ENTRENAMIENTO.

PARA SER BRUJA NECESITABA UN OBJETO MÁGICO QUE SOLO SE HALLABA EN LAS GRUTAS DE LOLTÚN.

PERO LOLTÚN ERA EL HOGAR DE LOS ALUXES...
CRIATURAS MÍSTICAS QUE PROTEGEN LA NATURALEZA CON SU GRAN MAGIA.

Y LOS ALUXES RARA VEZ RECIBEN VISITANTES HUMANOS EN SU REINO.

LES PIDO PERDÓN, REVERENDOS.
¿QUIÉN ERES? ¿POR QUÉ VINISTE?

SOY ALMAH, APRENDIZ DE BRUJA. BUSCO UNA PIEDRA MÁGICA.

CHULUL: EH... SOY CHULUL, LÍDER DE LOLTÚN. HAY BONDAD EN TU CORAZÓN. TE GUIAREMOS AL SASTÚN CORRECTO.

KLONK

Soy Lobil, chamán de Loltún. Este sastún te llama. Úsalo bien.

Toma este tambor también. En las manos correctas, anunciará al verdadero rey de Uxmal.

No había habido un rey en Uxmal en cien años, pero Almah no dijo nada. Uno nunca cuestiona la palabra de un alux.

Almah ayudaba a su comunidad, clamando a los dioses de la lluvia para asegurar cosechas abundantes.

Se ganó su rebozo de bruja y empezó a crear pociones para el bien de su pueblo.

Con el tiempo, un rey se instaló en Uxmal.

La coronación de Kinich Kak Ek fue anunciada.

El hechicero Zaatan Ik, consejero principal, anunció otra profecía.
Ningún hombre nacido de mujer podrá usurpar su trono.

Hay más.
"Cuando el Tambor Coronador sacuda al reino cual temblor, a su rival deberá vencer en tres pruebas sin igual".
¿Rival?
¿Que no nazca?
¿Tambor Coronador?
¡Tonterías!

INQUIETO ANTE LA PROFECÍA, EL REY DE INMEDIATO SE DISPUSO A CONQUISTAR LAS CIUDADES ALEDAÑAS. LOS LÍDERES DE KABAH, LA CIUDAD NATAL DE ALMAH, SE RINDIERON PRIMERO.

EXPANDIDO SU DOMINIO, EL REY CONSTRUYÓ UN CAMINO DE PIEDRA BLANCA, UN SAKBE, DESDE UXMAL HASTA KABAH, CON UN ARCO EN CADA EXTREMO.

POR EL SAKBE FLUYERON NUEVAS MERCANCÍAS Y NUEVAS REGLAS.
TAMBIÉN LLEGARON...

LOS SACERDOTES REALES.
¡YA NO HACEN FALTA ALUXES NI BRUJAS!

El rey se hizo poderoso, pero también cruel. Las leyes eran estrictas, los castigos severos.

Almah envejeció. Mucha gente la rechazó por miedo al rey y a sus sacerdotes.

Diosa Ixchel, renuncié al matrimonio y a la maternidad para servir a mi comunidad. Pero me siento tan sola.

Mientras caminaba un día por los cerros Puuc, Almah encontró un extraño huevo.

Se lo llevó a casa y lo puso cerca del hogar donde guardaba el Tambor Coronador.

TODOS LOS DÍAS BUSCABA GRIETAS EN EL CASCARÓN.

CROC

PERO SE SORPRENDIÓ MUCHO CUANDO VIO LO QUE AL FIN SALIÓ.
CRAC
CRAC

UN NIÑO PEQUEÑO, POQUITO MÁS GRANDE QUE SU MANO. ALMAH SABÍA DE SERES MÁGICOS Y SUPO QUE ERA UN REGALO DE LOS ALUXES.
¿QUIÉN ERES?
PUES, ¡SOY TU ABUELA, NIÑO PRECIOSO!

¿Cómo me llamo, abuela?
Eres Sayam, amorcito mío.

Durante años mimó a Sayam. Al principio, creció como cualquier niño...

Pero luego dejó de crecer. Los demás se volvieron adolescentes altos. Pronto Sayam no tuvo con quién jugar.
Oye, ¿quieres ser mi amigo?
¿?
Excepto por un lindo mono araña. Sayam le puso Maax.

Almah entendió que Sayam era mestizo: mitad alux, mitad humano.

La mejor herramienta de una bruja es su sastún. Esta piedra mágica canaliza el poder del sol.
¡Hice que la flor creciera!

Almah le enseñó a Sayam la magia verde y las oraciones que hacen caer la suave lluvia primaveral.
¡Gracias, señor Chaak, por esta agua de vida!

La fortaleza de Sayam era leer libros antiguos y crear nuevos hechizos basados en su sabiduría.

Mientras tanto, Kinich Kak Ek conquistó la mayoría de los reinos vecinos, excepto un pueblo, Xkukikán, construido sobre las cuevas que dan al inframundo.

¡Despierta, guardián del inframundo!
¡Desenróscate, Metnalkán!
¡Haz temblar a los orgullosos!
¡Lik'en! ¡Jaanten!

"¡Xkukikán es tuyo!".

Unos días después...
¡Iluminados!

¿Cómo podemos ayudarles, amigos?
¿Han oído los rumores? ¡Una serpiente gigante está atacando mi ciudad natal de Xkukikán!

¡Qué horror! ¿Ha herido a alguien?

No. Pero se esconde en las cuevas... ¡Y devora a los muertos!

Solo un ser encaja en esa descripción. Metnalkán. Monstruo del inframundo.
¿Puede detenerlo?
No lo sé.

A LA MAÑANA SIGUIENTE...
¿HA HABLADO YA LA DIOSA?

NO, Y ESTA MAGIA ME SUPERA.
¡PERO, ABUELA! ¡ESA POBRE GENTE! ¡TENEMOS QUE AYUDAR!
SÍ, YA LO SÉ.

IRÉ A HABLAR CON EL HECHICERO PRINCIPAL.
ÉL TIENE EL PODER NECESARIO PARA ENVIAR A LA SERPIENTE DE VUELTA AL INFRAMUNDO.

QUÉDATE AQUÍ. TERMINA DE PREPARAR LOS TÉS PARA BEBÉS CON CÓLICOS.
NO TARDARÉ.

EH, APUESTO A QUE HAY ALGUNA PISTA EN LOS LIBROS ANTIGUOS.

¡OH! ¡ESO FUNCIONARÁ, SEGURO! ¿ESPERARÉ A LA ABUELA?

¡MUY URGENTE! ¡NO HAY TIEMPO QUE PERDER!

VAMOS, MAAX.
¡HAY QUE DERROTAR A UNA VÍBORA ENORME!
¡!

HISSSSS
CASI SIEMPRE SE DEBE DEJAR EN PAZ A LAS VÍBORAS, MAAX. PERO METNALKÁN ES DIFERENTE.

¿SABÍAS QUE LOS ESPÍRITUS NO CRUZAN LOS RÍOS?
¿?
PUES LOS MONSTRUOS DEL INFRAMUNDO TAMPOCO DEBEN SALIR AL MUNDO.

...Y ASÍ ES COMO HARÉ QUE METNALKÁN SE VAYA. ¿BUEN PLAN?
...
ERES BUENO ESCUCHANDO, MAAX.

Mientras tanto, en Uxmal...
¿Quién crees que convocó a Metnalkán, bruja?
Le pido perdón.
Si quieres ayudar a esa gente ignorante, dile que se rinda. Ahora, fuera de mi vista.

¿Sayam? Perdón que sea tan tarde, pero ya...

...llegué.
¿Sayam?

Ay, muchacho tonto.

Por esa colina.
Pero no te acerques.
Es peligroso.
¡No por mucho tiempo!
Vuelva mañana.
Ya verá.

Iluminemos un poco esto, Maax.
¡ELEN!

Los muertos de Xkukikán, amiguito. Pero, ¿dónde está la serpiente que quiere comérselos?

HISSSSSS
SSSS
¡AHÍ ESTÁS! HAY MUCHO QUE COMER EN EL INFRAMUNDO. ¿POR QUÉ PIERDES EL TIEMPO AQUÍ, CON ESTOS HUESOS MOHOSOS?
PUM

¡¡¡PAM!!!

¡MAAX! ¿DÓNDE ESTÁ SAYAM?
¡!

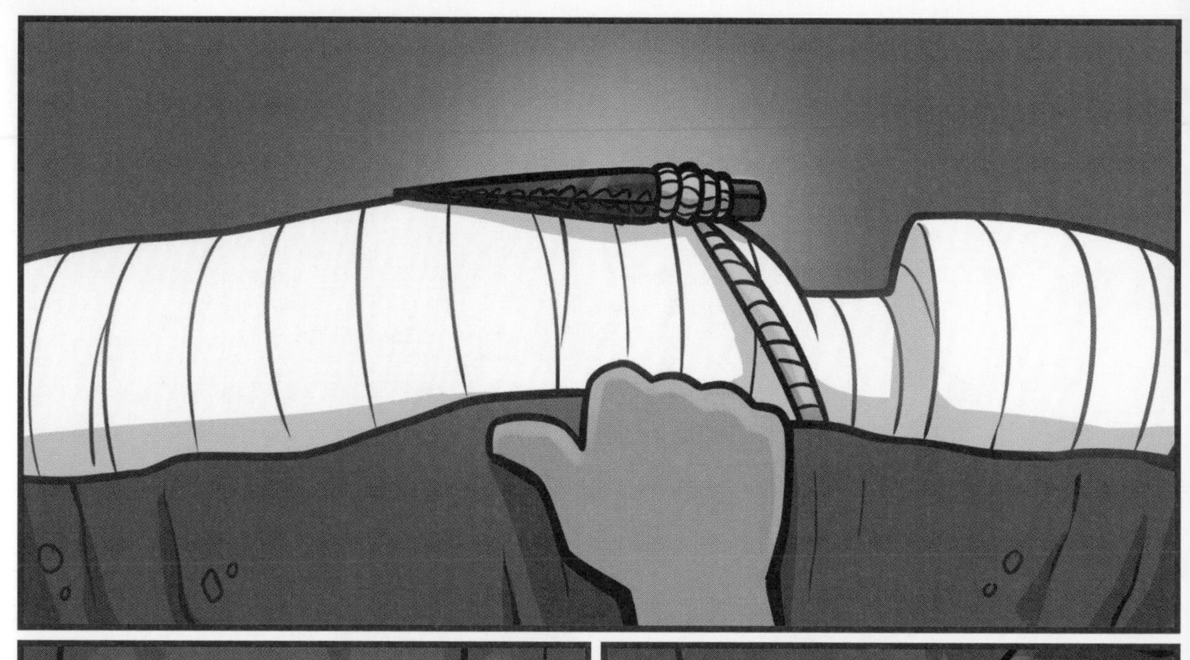

snap
DISCULPEN, ANCIANOS. NECESITO UNA DISTRACCIÓN.

¡LEVÁNTENSE, MUERTOS DE XKUKIKÁN! ¡PROTEJAN SU CIUDAD!
¡LÍIK'ENE'EX! ¡K'OOLNENE'EX!

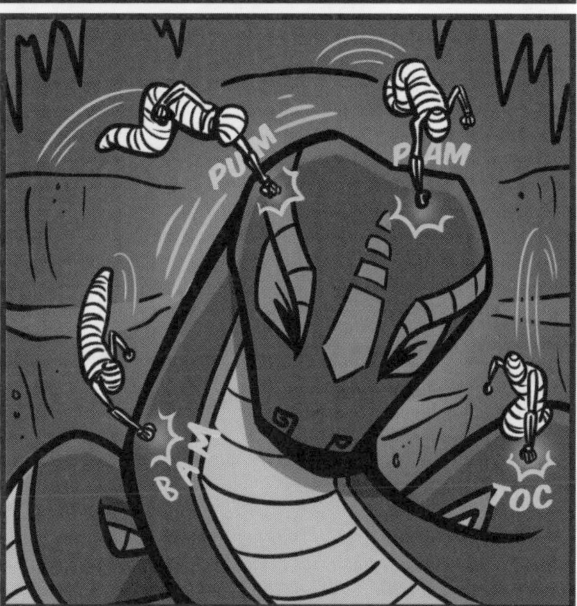
PUM
PAM
BAM
TOC

CONC
PUM
PAS
BAM

UF
FIU

HISSSS
SS
UF, POR POCO Y ME COME.

¡ÑA
M!
¡AY!

¿SE METIERON AHÍ?
¿ESTÁN LOCOS?

¡BRILLA FUERTE EN LA OSCURIDAD!
¡LÉEMBALNEN!

¿QUÉ LE HICISTE A MI NIETO?
Glop
Glop

¡RAZZZZZZ!
¡ESTÁ BIEN, ABUELA!

CREO QUE NO LE SENTÉ
BIEN AL ESTÓMAGO.

¡UY! ¡TIENES QUE INTENTARLO, MAAX!
¡TRAAASSSSS!

AHORA, BESTIA TEMIBLE, VUELVE A TU HOGAR BAJO LA TIERRA. ¡DEJA A ESTA GENTE EN PAZ!
¡SUUNEN!

¡FUE MUY TONTO LO QUE HICISTE, SAYAM! PERO MUY VALIENTE. VAMOS A CASA.

CREO QUE NECESITO UN BAÑO.
CUANTO ANTES, MEJOR.

TENÍAS RAZÓN, VIEJO AMIGO. ESTÁ CASI LISTO NUESTRO ENANO.

¿CÓMO QUE SE NIEGAN A RENDIRSE? ¿NO CONVOCASTE A UNA BESTIA DESDE LAS ENTRAÑAS DE LA TIERRA?

LA GENTE MURMURA EL NOMBRE AH KUN KAN. EL ENCANTADOR DE SERPIENTES. TAL VEZ ALGÚN PODEROSO HECHICERO SE ALIÓ CON XKUKIKÁN.

¿MÁS PODEROSO QUE TÚ? ¡HABRÁ QUE CONTRATARLO!
O EL MISMO KISIN, SEÑOR DEL INFRAMUNDO, PUDO HABER LLAMADO A LA SERPIENTE.

COMO SEA, NO ARRIESGARÉ A MIS HOMBRES. QUE EL PUEBLUCHO TENGA SU INDEPENDENCIA, PERO NO VOLVERÁN A COMERCIAR CON MIS VASALLOS.

El tiempo pasó. La vida volvió a la normalidad. Luego Sayam notó que su abuela se comportaba raro.

El joven enano empezó a sospechar.
¿Qué haces, abuela?
Nada, querido Sayam. Estoy por encender el fuego.

Quiero descubrir su secreto, Maax. Pero nunca se va por mucho tiempo.
Ya no confía en mí...

¡Ya sé! ¡Haré un agujerito en su jarra de agua! No se llenará. ¡Mientras lo repara, investigaré!

¿QUÉ?

¿QUÉ ES ESTO?

¡BUUUM!
SAYAM NO ESTABA LISTO PARA EL SONIDO DE ESE TAMBOR. NADIE LO ESTABA.

Sus ecos reverberaron por todo Kabah...
¡BUU UM!

...a los cerros Puuc, por el camino blanco...
¡BOOOM!

¡BOOOM!
...y hasta el mismísimo palacio del envejecido rey de Uxmal.

¿Qué fue ese ruido?
El Tambor Coronador, majestad. Recuerde las profecías.

¡GUARDIAS! ¡ENCUENTREN AL HOMBRE QUE HIZO ESE RUIDO Y TRÁIGANLO ANTE MÍ!

MADRE CELESTIAL, REPARA LO QUE SE HA ROTO.

¡¡¡BUUUM!!!

¡ABUELA! ESOS INSTRUMENTOS MÁGICOS SON MUY RUIDOSOS. ¿QUIÉN LOS HIZO?

LOS ALUXES, SAYAM. LOS MISMOS SERES QUE ME DIERON EL HUEVO PARA QUE TE CRIARA. Y TU DESTINO ES SER REY.

PERO SI YA HAY UN REY.

SÍ, Y SEGURAMENTE SUS HOMBRES LLEGARÁN PRONTO. PREPARÉMONOS.

¿PARA QUÉ?
PARA DESAFIARLO.
ES HORA DE QUE LEAS EL *BOBATIL JU'UN*, EL LIBRO DE LAS PROFECÍAS.

Los guardias investigaron hasta encontrar la fuente del ruido.
¡Abran en nombre del rey!
¿Sí?
El rey quiere ver al hombre que tocó ese tambor infernal.

Aquí no hay hombres, solo mi nieto y yo.
Yo toqué el tambor, tíos. Iré con ustedes si mi abuela puede acompañarnos. Es vieja y no debería estar sola.

BIEN. VÁMONOS.

MARCHARON POR EL CAMINO BLANCO TODO EL DÍA.

LLEGARON AL ATARDECER ANTE EL REY.

¿UN ENANO SERÍA REY? ¡TONTO! LA PROFECÍA ES CLARA: "NINGÚN HOMBRE NACIDO DE MUJER".

SAYAM NO NACIÓ, MAJESTAD. SALIÓ DE UN HUEVO QUE ENCONTRÉ.

ADEMÁS, NO OLVIDE LA SEGUNDA PROFECÍA. ME DEBE PONER TRES PRUEBAS.
SI GANO, USTED SE RETIRA Y YO ME CONVIERTO EN REY.

EL CONSEJO CONFIRMÓ ESTE PUNTO, ASÍ QUE EL REY, AUNQUE FURIOSO, TUVO QUE ACEPTAR.

MUY BIEN, ENANO. PERO SI FALLAS, MUERES.
AQUÍ ESTÁ TU PRIMERA PRUEBA. ¿VES ESA CEIBA? POR LA MAÑANA DEBES DECIRME CUÁNTAS HOJAS TIENE EN SUS RAMAS.
¡AHORA VETE!

¡NO PUEDO CONTAR CADA HOJA DE ESE ÁRBOL! ES IMPOSIBLE.

NO TE PREOCUPES. TENEMOS AMIGOS QUE NOS AYUDARÁN. USA UN HECHIZO PARA INVOCAR A LAS HORMIGAS.

¡SINIKO'OB KO'OTENE'EX WAYE'!

PRUEBEN CADA HERMOSA HOJA. DÍGANNOS CUÁNTAS HAY Y LES PROMETO QUE TODAS SERÁN SUYAS.

A LA MAÑANA SIGUIENTE, LOS ESPECTADORES SE REUNIERON PARA VER LAS PRUEBAS.

DIME, ENTONCES, ¿CUÁNTAS HOJAS HAY EN ESTE ÁRBOL?
121,919 JUSTAS.

EL REY NO ESPERABA TAL RESPUESTA. PARA VERIFICAR EL NÚMERO, HIZO QUE UN EQUIPO ARRANCARA Y CONTARA CADA HOJA.

LA TAREA TOMÓ TRES DÍAS. AL FINAL SE CONFIRMÓ LA RESPUESTA DE SAYAM.
¡TIENE RAZÓN!

AHORA, LA PRÓXIMA PRUEBA.
VAMOS A MOLDEAR FIGURAS Y LAS PONDREMOS EN EL FUEGO. EL QUE HAGA UNA FIGURA QUE RESISTA EL FUEGO SIN DAÑARSE GANA EL TRONO...
PERFECTO.

¿A PRUEBA DE FUEGO, MAJESTAD? PODRÍAMOS HACER ALGO DE MADERA DENSA, REMOJADA EN AGUA.

HAZ OTRA FIGURA CON BRONCE PESADO.

USA BARRO, SAYAM. ESPESO Y HÚMEDO.
OH, ESO ES BRILLANTE. HARÁ REACCIÓN CON EL CALOR, ¡Y SEGURO GANARÉ!

RECLAMO MI PRIVILEGIO REAL PARA PONER DOS FIGURAS EN LAS LLAMAS.
AH, CLARO. LO QUE USTED DIGA, MAJESTAD.

CLONC

PLAM

TSSSSSSSS
FIUSH
GLURP
MM

LAS FIGURAS DEL REY QUEDARON DESTRUIDAS, PERO LA DE SAYAM SALIÓ ENTERA.

SAYAM SINTIÓ QUE SE LE CAÍA EL ESTÓMAGO. LOS COCOYOLES ERAN EL FRUTO MÁS DURO DE LA SELVA. NO SOBREVIVIRÍA TAL PRUEBA.

VEN, SAYAM.
UN CONSEJITO RÁPIDO.

¡INTENTA
MATARME!

NO TE APURES.
SALDRÁS ILESO.

ACTÚA NORMAL.
SOY TU ABUELA, QUE TE
ACARICIA LA CABEZA PARA
DARTE SUERTE.

TAAK'NEN.
PÉGATE FIRME, PIEDRITA.
PROTEGE A SAYAM.

La prueba final comenzó.

Primero uno,
¡Uy!

luego otro,
¡Uf!

luego un tercer fruto duro se rompió sobre la cabeza de Sayam.
¡Ay!

Se tambaleó un poco con cada impacto, pero por lo demás salió ileso.

¿Quién eres?
¿No lo sabe? La gente de Xkukikán me dice Ah Kun Kan. El Encantador de Serpientes.
Liberé a esa ciudad de su víbora. Haré lo mismo con Uxmal.

¡ESPEREN!
¡ORDENO QUE ESPEREN!

¡ESTÁN COMETIENDO UN GRAVE ERROR! ¿QUIEREN QUE ESTE ENANO RIDÍCULO SEA SU REY? ¿EN SERIO?

¡NO, SE LOS RUEGO!

¡PRAS!

PUM

En una cosa tenía razón, Uxmal no será gobernada por un enano común y la bruja de su abuela.

No. Yo, Zaatan Ik, seré su rey.

¡No puedes ignorar la profecía!
Sí puedo. ¡Los mismos habitantes del inframundo me obedecen!

Hablando de eso.
¡Metnalkán! ¡El chico que te venció está llamando! **¡Lik'en! ¡Jaanten!**

¡NO! ¿QUÉ HICISTE?
BRRRUM
A ÉL.
¡¡¡¡AAAAAHHHHH!!!!!

Me siento tan orgullosa de ti, Sayam. Mi niño. Mi rey.

¡Y mira quién está aquí!

Estoy bien, Maax. ¿Cómo nos encontraste?
Lo trajimos nosotros.

Bien hecho, Sayam, rey enano. Eres todo lo que esperábamos y más. Ahora puede haber paz e iluminación otra vez en estos cerros.

SAYAM FUE CORONADO REY. SUS SÚBDITOS LLEGARON A AMARLO POR SU SABIDURÍA, BONDAD Y HUMILDAD, ASÍ COMO POR LA MAGIA QUE EMPLEABA PARA AYUDAR AL REINO.

SU PRIMER ACTO FUE BAJAR EL TRONO PARA ESTAR MÁS CERCA DE SU PUEBLO.

Sayam construyó a su abuela una pequeña y encantadora mansión. Hoy se llama la Pirámide de la Bruja o la Casa de la Anciana.

Con ayuda de los aluxes, el rey enano también añadió un nuevo nivel al templo del dios de la lluvia que Almah le enseñó a adorar.

La estructura se conoce como la Pirámide del Hechicero o la Casa del Enano. No hay nada parecido en todo el mundo.

DURANTE CASI UN SIGLO, SAYAM GOBERNÓ CON JUSTICIA, RESPETO Y MAGIA.

FUE UNA ÉPOCA DE PAZ Y ENCANTO. LOS ALUXES SALIERON DE SUS CUEVAS Y VIVIERON ENTRE LOS HUMANOS, ESTABLECIENDO TRATADOS Y COMERCIO.

NINGUNA SEQUÍA TOCÓ LOS CAMPOS DE UXMAL. LAS ENFERMEDADES Y PLAGAS PARECÍAN RECUERDOS LEJANOS. MIENTRAS SAYAM GOBERNABA, ERA UN PARAÍSO.

LA GENTE DE LA REGIÓN COMENZÓ A HACER FIGURITAS CON LA FORMA DE SU AMADO REY. INCLUSO DESPUÉS DE QUE SAYAM DEJARA ESTE MUNDO, LA TRADICIÓN CONTINUÓ.

HOY, EN EL SUELO TROPICAL DE YUCATÁN TODAVÍA SE PUEDEN ENCONTRAR ESAS ESTATUILLAS DE BARRO, TESTIMONIO DEL AMOR DE AQUEL PUEBLO POR SU MÁGICO REY ENANO.

En la época de la conquista española, la mayoría de las culturas indígenas de Mesoamérica conservaban sus historias sagradas con imágenes y unos cuantos glifos, iconos que representaban nombres clave, lugares, objetos. Pero dos mil años antes, los reinos mayas habían desarrollado un sistema de escritura real, basado en un dialecto refinado de la lengua maya ch olti . Puedes ver cómo el enano Sayam emplea esos jeroglíficos en las páginas de este libro al estudiar para convertirse en curandero, como su abuela.

El tiempo cambia las cosas, por supuesto. Con el paso de los siglos y la caída de las principales civilizaciones en lo que ahora es el sur de México, los grupos mayas fueron perdiendo la capacidad de leer los glifos. Sin embargo, aquellos jeroglíficos siguieron en uso hasta que los españoles quemaron la mayoría de los libros indígenas.

Te cuento esto porque, cuando considero la forma tan visual en que los mesoamericanos registraban sus historias, el equivalente moderno más cercano que me viene a la mente es la novela gráfica. Al mezclar palabras escritas e imágenes, los cómics y otros tipos de textos ilustrados nos permiten procesar las historias como lo hacían nuestros antepasados, usando múltiples partes del cerebro para comprender más plenamente.

Puede que esto te sorprenda (y quizá sea irónico), pero los adultos (sí, incluso los profesores de literatura) están empezando a tomarse en serio las novelas gráficas. El *New York Times* declaró recientemente que el medio es posiblemente "la próxima nueva forma literaria". Por supuesto, tú y yo sabemos que no hay nada nuevo en esto. Los indígenas la usaron durante miles de años.

Para honrar a esos pueblos —cuya tradición sagrada retraduje y volví a contar en *Serpiente emplumada, corazón del cielo*— he decidido, a instancias de mis editores, colaborar con varios ilustradores para traerte adaptaciones de historias clave de ese libro.

La serie se llama *Leyendas de la Serpiente Emplumada*, y consistirá en diez novelas gráficas a todo color, llenas de aventura, humor, belleza y verdad.

Espero que, cuando leas estos libros, las historias se asienten en lo profundo de tu corazón, inspirándote a aprender más sobre los poderosos, brillantes y complejos pueblos de Mesoamérica.

—David Bowles
21 de febrero de 2020

David Bowles es un escritor y profesor mexicoamericano que vive en el sur de Texas. Ha escrito más de veinte libros, entre ellos *Serpiente emplumada, corazón del cielo: mitos de México*. Su novela en verso *Me dicen Güero* ha sido galardonada con múltiples premios, como el Premio de Honor Pura Belpré, el Premio Tomás Rivera y la lista Bluebonnet.

Charlene Bowles es una artista gráfica e ilustradora que vive en Austin, Texas. Se graduó de la Universidad de Texas Valle del Río Grande en 2018. *El ascenso del rey enano* es su primera novela gráfica, aunque su obra figura en las cubiertas de la serie Gemelos Garza. Actualmente tiene varios proyectos propios en desarrollo.

Título original: *Tales of the Feathered Serpent: Rise of the Halfling King*
Originalmente publicado en inglés por Cinco Puntos Press, El Paso, Texas.
Primera edición: septiembre de 2021

8950 SW 74th Court, Suite 2010
Miami, FL 33156

Impreso en México / *Printed in Mexico*

ISBN: 978-0-593-31269-8

22 23 24 25   10 9 8 7 6 5 4 3